Contos [

CW00496078

1: Um Cachorro De 45 mil

2: A Mina De Ouro

3: Lamento De Um Policial

4: Os Salvadores Da Pátria

5: O Jornal

6: Lara

7: Pandora

8: Eu Deus?

9: Acertos e desacertos

10: O mendigo

Primeiro:

Um cachorro de 45 mil

(Drama e humor)

Azared acordou com o pé esquerdo. Levantou-se, foi ate o banheiro do quartinho alugado. Aluguel cinco meses atrasado por sinal. Jogou duas mãozadas de água gelada no rosto. Tem que acordar! Entrou no quarto e abriu a geladeira. Totalmente vazia. Bom, têm água gelada, algumas garrafas de água geladas, só. Mesmo parecendo desperto, sentou de novo no colchão. Surrado, o lençou contava uns cinco rasgos.

Ainda sentado debruçou a cabeça apoiada pelas mãos. Desanimado apesar de ter jogado um litro de água no rosto, levantou a cabeça, olhou em volta. Moveis velhos, luz cortada. A iluminação do sol que entrava pela única janela, dava certa claridade no quartinho. Parecia um lugar sub-humano.

Azared de rosto lívido e animo abatido. Surgiu um fio de esperança. Por um momento de súbito se pós de pé. Ajoelhou-se de frente uma cômoda velha e começou a fuçar de baixo, retirou uma caixa de fermentas de serviço. Martelos, chaves de fenda, prumo etc. pensou: poderia vender! Relutou:

- não, ainda não! - disse para si mesmo. Pareceu juntar forças e se pôr em batalha. A batalha é conseguir o café da manhã. Aliás a refeição mais importante de um ser humano. Se tratando de um pedreiro autônomo, de que a qualquer momento pode aparecer um serviço qualquer, para ganhar uns qualquer, é importante o café da manhã.

Começou a fuçar no fundo da maleta de ferramentas e fuça aqui, fuça ali, pega aqui pega ali. Bom, das moedas que estavam espalhadas na caixa de ferramentas. Azared conseguiu juntar três reais, moedas de cinco centavos outras de 25 centavos, muitas de 10 centavos, bom três reais. Alegrou-se, colocou uma roupa mais ou menos apresentável e foi até o armazém do seu Zé.

- Eu quero três reais de pães, isso mesmo pode ser bem torradinha. - Solicitou ao seu Zé.

- Humm! ok aqui está. Mas! Você tem que fechar aquela conta seu azared. Não me esqueci não.

Ele corou na hora, desabou a cerviz, os ombros já estavam arqueados e tudo mais. Aquela situação medonha. Distante por um momento, estava pensando alguma coisa!

- Ta, tenho que pagar eu vou pagar seu Zé, mais ta ruim a coisa viu, crise e tudo mais neh.. Olha assim que eu arrumar uma obra é a primeira coisa viu.

- Ta bom, vai dar certo para você e vai dá certo para mim... - Seu Zé o encarou por um momento. Fitou. O seu Zé era uma pessoa boa, ele pressentiu toda situação e ali olhando azared quase que entregue.

- Você deseja mais alguma coisa?

- Eu já estou com dívida, a conta eu não fechei ainda.... Eu fico sem jeito.

- Pode falar. - Com um olhar indulgente seu Zé;

- Queria meia dúzia de ovos, assim já me serve para o café da manhã e para o almoço.

Seu Zé se virou fuçou nas prateleiras. Ficavam atrás dele, retirou uma dúzia de ovos e colocou num saquinho de plástico e passou para Azared.

- Eu anoto aqui, depois que tudo melhorar... é nós! ta certo é... é nós. - Seu Zé deu ok de mão.

Retirou-se. O sorriso singelo por conseguir a refeição daquele dia, deu um pouco de vida aquele homem surrado. Trabalhador sofrido. Mas honesto. Sempre que estava sem serviço e tal, se fazia dividas, logo assim nos primeiros serviços. Primeira coisa fechar as contas aí depois sim gastar em outras eventuais necessidades.

Chegou em casa passou um pano na mesa, se dirigiu a pia. Debaixo da pia um litro de álcool de posto, retirou uma boca de fogareiro e depositou um pouco do álcool e acendeu. Sua forma de eventualmente preparar algum alimento, já que o gás já faltava dois meses. Armou sobre o fogareiro uma frigideira. `` ovos mexidos, que delicia ´´ lambeu os lábios.

Assim que quebrou o primeiro ovo para jogar na frigideira, um cheiro desagradável subiu.

- Estragado! Gritou quase que de raiva. - O segundo, estragando também o terceiro estragado também...

- Ah por Deus que vida! Nem partiu para quebrar o quarto ovo, já sabia o resultado. Sentou-se na mesa e começou a mastigar o pão seco. Colocava toda sua raiva nas mastigadas do pão seco.

- Droga... Droga... - Mastigava com mais raiva e fitava o saquinho que continho os restantes dos ovos. Levantou-se juntou os outros ovos já quebrados podres e jogou tudo dentro da sacolinha de plástico, apertou para quebrar o restante dos ovos e descarregar a raiva.

- Isso não vai ficar aqui, não posso me deliciar deles, tanto queria! Agora só esse cheiro insuportável... droga!

Pegou o saco deu um bom no, mesmo assim pelo fundo pingava algo como a gema e a clara misturada, de sua casa até a lixeira do outro lado da calçada, fez-se traço de geme e clara podre. Por mais azar do destino um cachorro perdido e que passeava por ali de bobeira, sentiu o cheiro e foi seguindo rastro de gema e ovo deixado pelo vazamento no saco plástico.

Azared depositou os restos de ovos podres na caçamba. Na verdade, arremessou para dentro dela como que descontando toda sua raiva. Como que se aquele gesto pudesse amenizar a dor. De súbito um cachorro abatido, porem de bom porte! Um pit bull. Lascou uma mordida no calcanhar dele. O cheiro talvez atraísse o cachorro. Deu um grito que provavelmente Deus ouviu! Talvez seja a suplica dos mais lascados na vida um clamor, um grito forte de morte. E a esperança de um café da manhã, simples! Mas importante naquelas circunstâncias. Logo que ele se virou e viu um cão forte e viu ele agarrado com dentes fortes em seu calcanhar, sangue para todo lado, Era o mal! Só me faltava essa pensou ainda sentindo a dor.

Mas a dor só cessou quando ele atentamente fitou o cão. O tal diabo o tal cachorro estava com uma coleira um tanto diferente. Aquele cachorro era de estilo! Os olhos de azared faiscaram um brilho forte. A dor? Sumiu. Pouco importava o cachorro arrancando a perna dele.

Providencia divina conta azared em qualquer lugar que as conversas corriqueiras surgem, pega uma bengala ornada em prata levanta aos céus e diz: louvado seja Deus.

No momento que olhou a coleira do cachorro o brilho era

impressionante! Mais ainda assim o cão estava grudado em suas pernas. Começou a conversar com ele, deixou um olhar compassivo para o cachorro, devagar o cachorro foi sendo indulgente conquistado. Azered com firmeza passou um pouco a mão na cabeça dele, bem de leve, um carinho

Amigo! Amigo- o cachorro soltou o calcanhar...ele se abaixo e continuo passando a Mao de leve na cabeça do monstro pit bul da nobreza.

-Ponto fraco. - Começou a coçar a orelha dele, nesse ponto ele matou o pau a gato, para falar a verdade matou o cão a pau. Porque de súbito ele bem devagar foi puxando a corrente que servia de coleira no cachorro, corrente pesada. Realizada essa missão, foi se afastado e nem quis nunca mais saber daquele cachorro que nessa altura já tinha pulado para dentro da caçamba de lixo em busca de alimento.

Azered ainda sentindo a cravada de dente no calcanhar foi de vagar voltando-se para seu casebre. A dor só foi anestesiada por completa quando ele se sentou em frente ao um comprador de ouro da região. Um teste rápido o homem pingou um ácido sobre a corrente que azared tinha depositado na balança de precisão.

- Sim ouro legitimo! E da melhor qualidade azared! da melhor qualidade!

- quantas gramas? Quantas gramas? - Os olhos brilhavam!

- Hum! precisamente 450 gramas! Muito bom! Muito bom mesmo! Eu pago 100 reais a grama. - Pegou uma calculadora fez as contas...

- Bom esse ouro é o melhor no mercado, acho que sendo honestamente você poderia até mesmo pegar um valor melhor numa cooperativa especializa, mais eu quero comprar de você. Deu o total de 45 mil. Porem só tem aqui 40 mil. Mas veja bem abriu um armário retirou uma bengala de cabo preto. O suporte da bengala era a cabeça de um cachorro de prata, porem de prata trabalhada, uma bela muleta!

- Deus prove e Deus provera! Me dê essa muleta e os 40 mil reais, Ele pegou a muleta experimentou deu um sorriso de satisfação para si mesmo. - Analisando o apoio da muleta era a cabeça de um cachorro. Irônico o danado do destino. Uma muleta de suporte de cabeça de cachorro de prata. Uma bela muleta e uma bela história!

Segundo:

A mina de ouro

Numa cidade do interior, um velho vivia comprando baldes de terra por R$10,00 e depois que comprava, tinha o hábito de comer a terra do balde. Às vezes dizia: - Esta é boa, porém, ainda não é essa!

O velho anotava as informações e o nome da pessoa em uma etiqueta e "paff", colava-as no balde.

Todos na cidade chamavam àquele velho barbudo, de cabelos grisalhos e despenteados, de louco! Ninguém dava muita importância para ele.

Certo dia o velho sumiu! E junto ao fato de seu desaparecimento, veio até a praça central uma das famílias tradicionais, que tinham uma pequena chácara, próximo ao fim da cidade, contando uma história mirabolante.

Jonny, o patriarca da família de cinco membros de agricultores. Disse exultante:

- Um advogado de um empresário desconhecido, me pagou meio milhão na velha chácara! - Gargalhou - e vamos para a cidade grande, fazer fortuna!

Os bêbados da cidade estavam gargalhando e contando piadas sobre o velho, dizendo:
- Ele morreu de dor de barriga! - Risos.
- Ele foi internado no hospício! - Risos

Os bêbados riam e se divertiam, até que foram distraídos por um carro de luxo, que parou em frente a eles. Desceu do carro, um homem de terno fino, barba bem aparada, cabelos penteados e pintados de preto, e passando por eles, ouvira tudo. Na volta, os bêbados não se contarem e disseram:

- O que vossa majestade faz em nossa cidade?

O empresário não se segurou e disse com tom de superioridade:

- Eu sou o dono da nova mina de ouro no fim da cidade! – Abaixou-se, pegou um pouco de terra, colocou na boca, mastigou e disse: - Essa é boa!

Moral:

Não desacredite de ninguém.

Os loucos já não rasgam dinheiro! Eles têm as melhores soluções para atrair o dinheiro.

Valorize o que você tem. Encontre a riqueza naquilo que você possui, pois, o pouco com Deus é muito!

Terceiro:

É absolutamente incrível a quantidade de infortúnios que se pode cair sobre um homem. Seja rico ou pobre, bonito ou desfavorecido, trabalhador ao exímio ou vadio.

No que se diz respeito aos trabalhadores, é insuportável saber que um operador de maquinas teve os dedos amputados numa maquinaria ou que um pião de obra tenha sido soterrado por um prédio em construção que desabou.

De todas as desventuras tais como um administrador que toma justa causa por beber no serviço ou então o diretor de um colégio que num surto repentino começa a quebrar os carros dos professores e a esbravejar palavras de baixo calão.

Paulo Silva era o policial exemplar 30 anos de carreira militar e atuante nas ruas da turbulenta de cidade grande. Hora ou outra era obrigado a iniciar um soldado recruta, orientando sobre os comportamentos da corporação ou por ventura de trocas de turnos era solicitado a ter como companheiro um policial meridiano ou trapaceiro de farda.

Paulo se surpreende ao verificar na prancheta o seu companheiro de ronda noturna. Conferiu o nome e coçou o queixo, respirou fundo e soltou a respiração.

- È pode ser interessante. - Disse para si mesmo.

Quando a porta da viatura se abriu e se acomodou no carona um homem robusto de porte alinhado, o bigode somado ao quepe dava a impressão de um soldado resistente.

- Pois é quem diria eu um dia na águia negra. - Resmungou Billy

- È uma viatura comum amigo, nada vai mudar nosso salário, nada mesmo...

- Silva, me desculpe mais a viatura que pertenceu ao Sargento Ramos de nenhuma maneira pode ser uma viatura qualquer. E sem contar que é a última que sobrou, pois as outras foram todas trocadas por carros novos.

- Eu particularmente prefiro os carros novos, mas como o policial mais antigo na delegacia me deu essa tal viatura magnífica aos cuidados e encargos. È, de certa forma o Sargento Ramos passou poucas e boas nessa criança... - Disse Silva passando a prancheta para o Billy dar o visto.

 Billy após assinar passou a prancheta para o companheiro e abriu o porta-luvas parecia esperar algo e seus olhos faiscaram ao verificar a magnum 357 guardada no porta luvas.

 - Essa é...

- Sim a lendária arma do Sargento Ramos... é como o amuleto da sorte da viatura ou o coração dela.

- Dizem que no seu último dia de serviço, naquele sequestro e tal que o sargento derrubou cinco bandidos. Após as entrevistas com os reportes, quando estacionou no pátio da delegacia e depositou a arma no porta-luvas jurando nunca mais dar um tiro se quer e daquele dia em diante se dedicaria a apicultura.

- Exato amigo. Isso é o que diz a lenda, mas a lenda é real e você está com a arma do Sargento na mão. O mesmo Sargento que na sua autobiografia disse ter mandado para a cadeia certa de 1000 bandidos e derrubados outros 1000. Apesar de eu achar tudo isso exagero das editoras.

- Ah exagero ou não. Tudo isso para mim é um grande incentivo e quero completar 40 anos de carreira na polícia. Faltam-me 20 anos. -

Esclareceu Billy.

- Bom eu dirijo a um bom tempo essa viatura confesso ter certo orgulho sabe. Porem nada disso me faz ser um super-herói. Nada mesmo, para mim o trabalho como policial é uma rotina. Rotina de roubos, sequestros, assaltos, trombadinhas para jogar na cadeia etc. - disse ligando a viatura e saindo.

A noite parecia ser tranquila e tudo apontava pouca agitação para uma quinta feira. A tal quinta feira que antecede a sexta que por sua vez é cheia de jovens iniciantes da vida do crime. A fim de arrumar um qualquer para algumas farras típicas de jovens desordeiro.

- Falta pouco tempo para você se aposentar, não é mesmo silva?

- Para falar a verdade falta, mas isso também não me agita e não pretendo fazer cena nem ter uma história. Geralmente se espera isso de quem entra nessa viatura é como se fosse uma predestinação sabe... pensando bem é muita superstição

- Como assim companheiro. - Perguntou Billy

- Tudo começou com o sargento Ramos e sua despedida. Eu li o livro...

- Eu pretendo ler, estou curioso para saber os detalhes dessa operação. Que é estudada nas academias do todos os Estados desse país.

- Olha em resumo. No dia do sequestro a viatura tinha dois policias iniciantes o sargento Ramos e mais um policial meia tigela. Sangue nos olhos e faca nos dentes era só o Ramos mesmo. Talvez se não fosse isso. E outros fatores também... no dia os bandidos estavam num barraco armados com fuzil e quando a viatura chega próximo ao local, já foi recebida por tiros. O sargento deixou a viatura e outros policias também, todos abrigaram próximo. O Sargento planejou a batida, ele conhecia um pouco o território e sabia como pegar os bandidos por de trás. Porem os outros policias não arredaram pé. Deram para trás e o Ramos esquentado pegou sua magnum 357 e foi enfrentar 5 bandidos armados com fuzis. Uma loucura porem a estratégia deu certo. Ele invadiu por de trás do cativeiro pego de refém o líder da quadrilha e daí os outros foram obrigados a se render. Eu acredito que o mérito do Sargento Ramos se deve a sua ousadia e coragem, já os outros policias covardes.

- È isso que eu estou falando Silva. Um exemplo a seguir nessa corporação {exclamação}.

- Mas então aí vem à segunda ocasião não muito divulgada na mídia mais conhecida de todos os policias. O soldado Pereira, iniciante, no primeiro dia de serviço caiu de fazer a ronda com essa viatura. Ele pegava a arma do sargento e às vezes zombava da lenda e tal. E eles foram solicitados a deter um roubo a banco e quando chegaram ao local o que não se esperava eram dois bandidos de tocaia e resultou na morte do Soldado Pereira. Daí por diante surgiu várias lendas. De que essa viatura era para os valentes e não para os covardes. De que todo policial termina sua carreira sobre essa viatura de forma que o destino lhe paga como ele mereça, ou seja, como um herói ou morrendo como covarde.

-Ah faz muito sentido. E como se fosse às circunstâncias fazendo o ladrão daí a viatura fico famosa. Eu faço meu serviço de policial da melhor forma possível. Não se deve ter clemência para bandido e já era. Meu ponto de vista.

Aconteceu que: Dois jovens da classe media, adentraram uma casa por volta das 2 horas da madrugada. Suas intenções? Roubar e saquear o mais rápido possível e sair ileso. O que leva dois jovens de boa criação entrar numa vida de crimes e assaltos. Não sabemos, porem podemos ter certeza de que a adrenalina de tais ações os torna como aventureiros. Sentir um prazer em cometer delitos, sair ileso e ainda por cima com a verba arrecada se perder em baladas e hotéis.

- Jhonny, acho melhor desistimos conseguimos cortar o primeiro alarme, porém, eu estou com um mau pressentimento. - Sussurrou lasca, segurando uma lanterna de luz azul.

- Larga mão de ser covarde. Já cortamos a energia e desligamos o alarme principal. - Advertiu Jhonny o líder. -Jovem ousado. Sentindo correr na veia a emoção e sentindo-se sobre controle, já esteve outras vezes em situações parecidas e a dubla quando pouco levava cerca de 20 mil. Gastados em duas ou três noites de bebedeiras e putarias.

- Certo... certo, mais, por favor, se algo der errado não atire em ninguém.

- Isso, só se for preciso. Disse Jhonny

- Lembre-se Jhonny nada pode valer mais do uma vida.

- Disse muito bem Lasca. Mas no momento a vida mais importante é as nossas. Então amigão contente-se e nada de dar uma de bom samaritano. -Disse Jhonny andando sorrateiramente e abrindo a porta de um suposto escritório. Lasca iluminou o escritório e avistaram muitas coisas de valor.

Tiraram um quadro com cuidado e avistaram o cofre embutido na parede. Lasca retirou um pé de cabra da mochila e passou para o cúmplice. Jhonny forçou... forçou novamente. E uma luz vermelha deu duas piscadas seguidas de um som de alarme disparado.

Na rádio patrulha: Dois assaltantes nas imediações norte fizeram um casal, o filho e uma baba de refém. Solicita-se apoio no local. Endereço...

- Pois é amigão, parece que essa noite vai ser agitada. -Disse silva fazendo o retorno e se se dirigindo a localidade de mansões na região norte da cidade.

Chegando ao local, a dupla de policial avistou uma equipe de segurança particular. Silva estacionou e foi verificar as condições de negociação.

- De agora em diante é com a gente, houve comunicação com os assaltantes? É certeza de que são dois? - Indagou Silva.

Um segurança de roupa preta um tanto obeso e de fisionomia preocupada se prontificou.

- Sim, se comunicamos e eles estão fazendo a família do casal Antônio de refém mais uma baba. Pelo que verificamos pelas câmeras são apenas dois assaltantes. Pra falar a verdade dois jovens. O vigia que faz a ronda de moto já tinha os vistos e estava cobrindo eles e seguindo. Porem eles se desvencilharam e o segurança pensou se tratar de algo não importante. Porem verificou e é os mesmo que estão com os reféns.

- Exigências? Alguma exigência? - Perguntou silva coçando a nuca.

- Não necessariamente. Parece que um dos bandidos queria se render porem o outro não. Sucedeu uma discuto e depois disso mais nada.

- Ok, de agora em diante cuidaremos. Esse terreno ao lado da casa parece este desocupado certo?

- Sim.

- É de certo que os assaltantes invadiram a casa por ele. - Esclareceu Billy

- Certo. Eu preciso que vocês distraiam os assaltantes com a comunicação eu e meu parceiro entraremos por de trás da casa. - O soldado Silva se apoio no muro e verificou a lateral da mansão. - Parece-me que dá acesso a entrada da piscina. Eu preciso que vocês continuem a negociação como motivo de distração, tentaremos render eles por de trás. Não há outra maneira. Bandidos iniciantes sempre cometem absurdos pelo fato de não saberem o que fazem. Esclareceu silva.

Billy e Silva pularam o muro e foram sorrateiramente se encaminhando até a área da piscina o segurança estava se comunicando com Jhonny e negociando a soltura da criança.

A dupla de policial avistou Lasca na parte da sala de costas para a região da piscina. Silva foi se aproximando. O jovem ladrão tinha as duas mãos na cabeça e parecia lamentar. Silva de súbito deu uma chave tampando a boca e já rendendo o indivíduo e fez um gesto com a mão para o Billy cuidar do outro. Rapidamente ele dominou o jovem, surgiu uma luta. O jovem bandido tentou se debater e gritar.

- Na moral... na moral. - Sussurrou Silva. Dominando lasca. Billy se encaminhou adentro da mansão. Estava totalmente escuro o que dificultava ele andar. Era apenas guiado pela luz que adentrava pela janela da frente da moto do segurança. Avistou a silhueta do bandido e os reféns pareciam estar dominados no chão. Deu voz de prisão.

- Mãos para o alto, mãos para o alto. Você está preso. Não reage vagabundo. -Gritou Billy, o bandido levou um susto e se, pois, em defesa, se jogou para detrás de uma bancada e disparou um tiro na direção do soldado. Esse por sua vez revidou houve o começo de uma agitação do lado de fora que já contava com outras viaturas da polícia, seguranças de motos.

Houve outro disparo e alguém caiu no chão baleado. A energia voltou após um segurança localizar o defeito causado pelos bandidos.

Billy verificou as pernas do bandido por de trás da bancada. Tinha uma das melhores miras e tinha acertado na cabeça. Foi encaminhando sorrateiramente até o local que estava o corpo do bandido. Olhou para o assaltante morto no chão e no mesmo instante caiu de joelhos, gritou algo que não foi decifrável. Debruçou-se sobre o bandido sobre o rosto. Começou a chorar.

Silva saiu da casa com o Lasca dominado e algemado e jogou no chiqueirinho, se preparou para entrar pela porta da frente e dar suporte ao Billy. No mesmo instante a porta se abriu. Billy saiu de braços caídos, segurava a arma ainda estava coberto de sangue... Silva correu ao encontro.

Você foi atingido? - Segurou nos braços dele verificou. -está tudo bem Billy? Os outros policias adentraram para casa, dando apoio aos reféns e também verificando um jovem falecido no chão. O bandido.

Billy estava desnorteado, entrou na viatura ainda sem falar nada. Sentou no banco do carona. Silva entrou assustado.

- Você está ferido? - Deu puxão nele! - Acorda Billy!

Billy falou: o Junior, Meu Deus o Junior. O Junior não! O que eu fiz! Meu deus o Junior o Junior!

- O que está acontecendo? -Silva ainda não compreendeu. - Que Junior?

-Meu filho! Meu Deus meu filho Junior era o assaltante e eu o matei. - Eu o matei - gritou. Chorou bateu com as mãos nas duas pernas. Silva se conteve oscilou, lamentou

- Meu Deus que tragédia sinto muito, você não tem culpa.

- Não era pra ser assim! Meu Deus. É tarde. Billy pegou sua arma olhou por um algum tempo observou ela. Estava cheia de sangue a farda também cheia de sangue. Do seu próprio sangue do seu filho que tinha se envolvido em caminhos errados e estava ali assaltando.

-Acabou tudo! Pegou a arma fico um tempo em silencio soltou mais algumas lagrimas abriu o carro e depositou sua arma no porta-luvas.

Quarto:

OS SALVADORES DA PÁTRIA

(Humor)

Na fronteira do Brasil com um país que nem vale a pena

mencionar, instalou-se uma guarnição do exército. A intenção? Conter a movimentação pesada de drogas. Organizou-se tudo com "sangue nos olhos", selecionou-se os trezentos linhas-de-frente e pronto, iria começar a guarda. Temia-se o combate. A tensão estava em todos os soldados, mesmo que eles fossem quase que soldados "Hambos". O frio na barriga era geral.

O acampamento não era dos melhores. Barracas espalhadas, algumas surradas e outras pequenas demais para dois soldados por noite. Durante o dia, grupos embrenhavam-se na mata, mas a quantidade de mosquitos, formigas e outras pestes faziam os grupos recuarem. Sequer avistavam o inimigo, quanto mais combatê-lo. Os Salvadores, como eram chamados os fortes soldados, estavam sendo vencidos por insetos. Em alguns momentos de fraqueza esbravejavam, cravavam as metralhadoras no chão e começavam a esfregas as costas nas árvores com o intuito de diminuir a coceira. Isso provocava um clima hilário. Coisa que o comandante detestava. "Soldado bom é soldado sério! ", o bigodudo gritava em meio a fumaça do seu cigarro. Nesses momentos as risadas cessavam e os soldados se punham em guarda.

Por dia e dias foram inspecionadas muitas localidades da fronteira sem nem um sinal de armas, bandidos ou drogas. Aconteceu de um soldado novato, e a procura de medalhas, encontrar um depósito, que acreditou ser, de maconha. O soldado gritou e se alegrou. Imediatamente se juntou ao comandante e mais um grupo de uns 12 de soldados para confirmar verificar e então suas expectativas. Até que enfim um combate! No fundo, eles bem gostavam de um combate.

Avistaram o suposto depósito, que estava mais para um celeiro abandonado. O comandante parecia já experimentar as honrarias da missão concluída. Com cigarro nos lábios e armado com sua metralhadora deu um ponta pé na portaria, enquanto os outros soldados davam cobertura. O comandante se dirigiu ao estoque, puxou um dos sacos, tirou da bainha uma faca e o cortou. Tacou a mão dentro e pegou um punhado da suposta "maconha". Ao levar ao nariz e passar língua:

- Droga, isso é estrume! - Começou a cuspir e olhou para o soldado que tinha efetuado a descoberta.

- Que droga de soldado, hein?! Você vai levar dois sacos desse e comer como disciplina!

- Eca! - Disse o soldado cuspindo no chão, enquanto os outros riam parecendo um grupo de estudantes, o que deixou o comandante extremamente irritado.

- Agora todos vão levar dois sacos! Não, não. Vão levar todos. - Esbravejou.

Ao final da ordem do comandante surgiu uma voz do lado de fora do celeiro.

- Vocês estão cercados! Eu e meus dois filhos estamos armados com espingardas. - Disse um fazendeiro montado num cavalo, enquanto seus filhos apontavam as armas para a tropa.

A tropa jogou as metralhadoras no chão e levantaram as mãos, com exceção do comandante, que iniciou uma negociação.

- Bando de moças! – Disse olhando para a tropa - E vocês sujeitos, não somos ladrões. Somos do exército e estávamos fazendo uma expedição atrás de drogas.

- Pensamos que queriam roubar nosso estrume. - Disse o filho do fazendeiro - Eu até ouvi alguém dizer "vamos levar tudo". E isso é roubo sim.

- Mas é evidente que não! Nesse caso a tropa vai pagar 100 flexões a cada 1 hora. Deixaremos o estrume, eles podem comer gafanhotos. - O comodamente fez uma cara desânimo.

O fazendeiro estranhou. Desmontou e abaixou as armas, enquanto os soldados recolhiam as metralhadoras. O mal-entendido já estava entendido.

- Gafanhotos não são lá muito nutritivo, meu companheiro... - disse o fazendeiro. O comandante abaixou a cabeça, aparentou estar mais desanimado ainda.

- É... Acontece que nossa provisão no acampamento acabou e estamos nos alimentando de gafanhotos há uma semana. - Ergueu a cabeça- Mas vamos vencer a batalha!

O fazendeiro se compadeceu, fez um gesto apontando em uma direção e, de intuição, seus filhos foram pegar alguns sacos.

- Podem levar estes sacos de queijo. Aqui na minha fazenda fabricamos e vendemos queijo, mas podem levar esta remessa.

Os soldados voltaram quase que cantando para a o

acampamento. Só não o fizeram porque sabiam que o comandante odiava cantoria tola.

Durante alguns dias, mesmo com a chegada de queijo, que é um alimento que, temos que concordar, é melhor que gafanhotos, a tropa ficou desanimada. Talvez por chegar tão perto de cumprir a missão e não obter sucesso.

Dias e noites eram infrutíferos. Durante a noite dois soldados faziam a segurança do acampamento enquanto o restante da tropa dormia. Bonne Bonne, um soldado ligeiro, tinha bom conhecimento da região e na noite que estava de vigia saqueou dois queijos do estoque do comandante.

- Esses queijos iriam cair bem com uma água ardente. Raios! Já estou de saco cheio dessa empreitada. - Disse Bonne Bonne a Jhon Lock, outro soldado escalado para a vigia da noite.

- Tem razão, porém de onde vamos tirar uma boa pinga? - Indagou Jhon.

- Eu sei de onde! - Disse Bonne Bonne com um ar de satisfação.

- Como assim? Duvido! Por acaso você tem alguma adega?

- Que adega que nada! Pela região Norte, seguindo pela estrada de terra batida e andando uns 4 km há uma bodega. Eu já fui lá antes, em algumas fugidas. Chocolates, balas, cigarros..., mas o melhor de tudo: tem uma bebida das boas. - Respondeu Bonne Bonne

- Espetacular! Ai então você sugere que deixemos o

acampamento desprotegido, sujeito a ataques e tudo mais para sentamos na mesa de um bar fuleiro para comer queijo e beber umas?

...

O dono do bar abriu a terceira garrafa de pinga e colocou na mesa em que os dois soldados se deliciavam comendo queijo com azeite. Bonne e Jhon, pela terceira garrafa, já estavam no nível de piadas sem graça e boas risadas.

Pelas 4:00h manhã se lembraram de alguma responsabilidade, mas como já tinham se recheado de queijo e tomado cinco garrafas de pinga, até pensavam que a missão fosse derrotar terroristas. Voltaram cantando pela estrada de terra e, até se aproximar do acampamento, tropeçaram em algumas barracas. Alguns soldados acordaram assustados e começaram a dar tiros a torto e a direito com metralhadoras, acordando o restante do pessoal, inclusive o comandante.

O comandante ao reconhecer o barulho dos tiros, tocou forte o berrante. Como acampamento estava funcionando no improviso, o berrante servia como sinal para alertar que estavam sob ataque. Seria melhor uma corneta. A maior parte dos soldados correu com medo para o meio da mata, enquanto alguns mais bravos davam tiros a torto e a direito. A sorte foi que ninguém foi baleado. Apenas soldado acertou a caixa que servia de reservatório de água, estourando- a. Uma enxurrada arrastou a barraca e o comandante, que foram parar dentro do lugar que servia como fossa. Isso o deixou muito irritado...

Os soldados que fugiram e caíram nas trincheiras se mantiveram lá por um bom tempo, escondidos e assustados. Um soldado até disse: "essa causa está perdida mesmo" e assim fez uma pedra de travesseiro. "Já que é para morrer, é melhor morrer dormindo. Além do mais o sono estava tom bom", pensou.

Um soldado gordinho, que também pensava que a causa estava perdida, se dirigiu até o estoque e começou a devorar muitos queijos. "Vou morrer satisfeito", repetia.

No centro do acampamento havia madeiras e combustível, que deveriam ser acesos em caso de ataque. Bonne Bonne acendeu, fez espeto com os peixes que tinha comprado no bar e começou a assar. Jhon estava ao seu lado e também pretendia comer peixe assado. Eles, de tão embriagados que estavam, nem se deram conta do desastre no acampamento.

O dia clareou e lá pelas 10:00h da manhã o comandante estava conversando com subcomandante numa mesinha improvisada, ainda muito sujo e cheirando mal.

- Não sei, sinceramente, senhor, como consegue comer esses peixes com esse cheiro forte ao nosso redor - disse o subcomandante.

- É de raiva daqueles dois imbecis que estragaram tudo. Que droga! - Deu um soco na mesa.

- Onde estão eles? Suponho que você os tenha castigado.

O comandante tirou um osso do peixe da boca, fez um gesto de nojo, levantou o dedo em tom professoral.

- Por acaso você já fez suas necessidades fisiológicas hoje?

- Mais que pergunta comandante...

- Não... Melhor: vou te dar uma ordem. Vai tirar uma água de joelho agora no lugar de costume.

Mesmo sem entender a ordem, o subcomandante se levantou e obedeceu. Afinal uma ordem é sempre uma ordem!

Abaixou o zíper e começou a mijar para dentro da fossa que servia de banheiro, assobiando bem distraído. "Bem que estava precisando, será que o comandante adivinhou isso? ", pensou o subcomandante.

- Ei companheiro! - Ouviu uma voz fanha vinda de dentro da fossa. O subcomandante arregalou os olhos.

- Não poderia mijar um pouco mais para o lado? - Solicitou Bonne Bonne coberto de excremento até o peitoral. Ele estava falando fanho porque apertava o nariz com os dedos.

O subcomandante virou para o outro lado o jato de mijo.

- Ei companheiro! - Disse Jhon.

Quinto:

O Jornal

(Drama)

Tarde da noite na cozinha escura um olhar perdido sobre a mesa. A janta foi preparada com dedicação. A dedicação de mais uma dona de casa, simples e dedicada.

Maria Madalena casada a 30 anos com Geraldo. O espera desde das 18 horas. O olhar dela é de desilusão. Desilusão maior quando percebeu que ao entrar Geraldo estava embriagado.

No começo do casamento, ele era o marido exemplar, trabalhador e sempre presente. Com o passar do tempo a fisionomia do homem mudou-se! Parecia um demônio, aos poucos. Cada vez mais bebia com intensidade. Até então o único lazer de um trabalhador é estar no bar, beber alguma coisa, jogar um bilhar essas coisas típicas de áreas periféricas. Porem Geraldo havia mudado. Já não demonstrava tanto afeto com sua esposa e aparentava ter amantes. Uma ou duas a suspeita de Maria, causava-lhe uma angustia, algo como um aperto no coração. Ele já não a procurava mais, e com o decorrer dos anos, era rude e grosso. A suspeita e o medo pendiam para a falta de amor! Talvez nunca fora! Talvez nunca a amou e isso era a maior tortura.

Geraldo entrou cambaleou um pouco a iluminação da cozinha-sala vinha de uma pequena luz do corredor.

-Outra vez estava com uma vagabunda por aí- Gritou Maria. Ele se assustou, nunca a mulher estava àquela hora acordada. E ao olhar diretamente no rosto mal iluminado de Maria percebeu um olhar sinistro, uma atitude de desafiadora. Recobrou um pouco a lucidez, talvez causada por toda essa situação de enfrentamento da parte dela, O grito ecoou pela casa, pelo corpo dele e pela vizinhança.

- Eu trabalhei até tarde e passei no bar... eu trabalho, eu me esforço para não faltar nada.

- Faltar nada? Faltar nada! falta um homem aqui, falta carinho. Você me trai- Disse soluçando de choro. Respirou fundo, se colocou imposição.

- Eu to indo embora... para sempre, não aguento mais suas mentiras seu cafajeste, canalha.

- Nunca! você não vai me deixar assim, não mesmo! Quer encontrar outro macho neh, eu sempre soube!

- É você quem me trai é você! Eu escuto o que dizem por aí. As pessoas falam e eu nunca quis acreditar! Mas é você o errado nisso tudo e não adianta, não adianta mesmo eu vou embora.

Geraldo, partiu para cima dela, com tamanha brutalidade tirou a mesa do caminho arremessando-a longe. Pratos e louças fazendo um turbilhão de estrondo. Ela recuou exclamou algo inteligível. E ele partiu para cima dela. Se protegeu novamente e o empurrou.

Caiu sobre um caco de vidro, (Restos do que sobrou da janta, no momento em que a mesa foi quebrada) cortou o braço e no mesmo instante soltou um berro, horripilante. Depois se levantou, soltou outro grito, louco!

- Sua vagabunda! Nunca eu vou deixar você sair daqui viva, Escuta bem, nunca!

- Eu vou embora, acabou tudo para sempre

- Nunca! - Gritou e no mesmo instante sacou o revólver e apontou em direção a Maria mirou no coração! Ouve-se estilhaços de vidros e um vulto atravessar a sala e o som do disparo.

Os vizinhos ao som da mesa que foi virada acordando geral a vizinhança. Solicitaram a polícia.

Na redação de um jornal uma dúzia de motoqueiros empilham jornais no suporte da moto. O despacho dos jornais para os clientes sempre fora realizado pela madrugada.

Francisco já estava nesse serviço a mais ou menos 1 ano. Ele era bem experiente em acertar os alvos. Brincadeiras a parte, da equipe de motoboys que fazem as entregas de jornais nas portas dos assinalantes. Francisco era o mais esforçado.

- Chegou atrasado, Francisco. Por isso só sobrou a rota da região norte do bairro da casa verde. - Disse um sujeito de social, boa pinta, óculos, cabelo engomado. Supervisor dos melhores.

- Que maravilha! Logo a região que tem mais problemas e além disso as casas da casa verde, são um emaranhado que só. Eu sempre me perdi por lá...

- Isso não vai ser um problema pra você Francisco, em 4 meses você ganhou a fama de o melhor arremessador de jornais. - Disse o Supervisor com um sorriso sacana.

- Engraçadinho. - Disse abastecendo a mala de suporte de jornais.

Percorrendo as ruas por volta das 2:30 da manhã, Francisco se senti seguro. É ágil. Casa do cliente, diminui um pouco a velocidade da moto e vapt-vupt jornal na porta da casa. Ruas e mais ruas a mesma rotina. Acerta em varandas, acerta em peitoral de portas e etc.

Ao passar na rua 14 notou o seu velho amigo, ou melhor inimigo, toda hora que ele parava de frente a casa do cliente o cachorro latia forte, alto, voraz. Não pensou duas vezes, bom de mira! Acertou o jornal bem no focinho do cachorro! ``hehe toma malandro´´

Por fim o ultimo jornal em mãos, é tudo uma questão de arremessa-lo e ir para a editora bater o ponto e ganhar o dia.

Quando entrou na rua, já localizou a casa, mas logo atrás dele algo o distraiu. Uma viatura da polícia entrou a toda. Ele ja estava pronto para arremessar o jornal nesse momento, tinha mirado a varanda da casa, mas devido ao susto repentino do carro de polícia que entrou na rua, fez o arremesso meio sem jeito, o que resultou numa janela quebrada.

O Supervisor na manhã seguinte solicitou a todos os motoboys que esperassem, pois teria um comunicado a fazer.

- Bom, estamos todos aqui, como de costume nada muda a não ser que temos um novo supervisor o Francisco, foi promovido e não somente isso. Quero ler uma matéria a todos vocês:

``Uma tragédia foi evitada por circunstâncias de extraordinária notoriedade. Numa típica briga de um casal no bairro da casa verde, Geraldo estava disposto a matar sua mulher. Maria ao decorrer de anos tendo sofrido agressões verbais e físicas, resolveu dar uma basta. Inconformado Geraldo sacou o revólver e atirou para matá-la. Porem no mesmo instante o Jornal arremessado pelo entregador de jornais Francisco, atravessou a janela, quebrando o vidro e indo acertar no braço esticado de Geraldo fazendo a bala ser desviada. Em Sequência ele aperto de novo o gatilho e o segundo tiro falhou, tempo o suficiente para Maria juntar forças e cair em cima dele segurando a arma para o alto. Outro disparo que acerta o teto. No exato momento graças a ação rápida da polícia que arrombou a porta e dominou o em indemnizado marido obsessivo. Que berrava, esbravejava e tinha um odor fúnebre´

Sexto:

Lara

(Cotidiano)

Quem conhece a Lara se apaixona, uma gata dessas não aparece todo dia na sua rua! Eu bom pegador de gatas claro, ao ir ao portão de entrada, logo notei sua presença próximo do meu carro. Olhos claros, bem gorducha e um pouco suja rs. Eu pensei: essa vai ser minha! Tentei uma aproximação amigável, ela meio que se esquivou ligeiramente de mim. Hum! bem manhosa ela. Mas sou persistente e não desisto fácil. Comecei a conversar, poderia funcionar, só estou esperando o momento exato e pronto dei um bote certeiro. Agarrei e puxei ela para os meus braços.

Duas coisas eu notei sobre a Lara, ela é de família e não de ficar nas baladas noturnas. Eu já peguei algumas de rua e reabilitei, deixei na mão da pessoa certa para cuidar. Procurando reabilitar a Lara, ela rejeitou três tipos de ração e preferiu água no lugar de leite. Tenho uma gata em casa. Seria impossível deixar a Lara em casa, levei para casa de fundos e por lá arrumei um lugar aconchegante, pois tudo indicava que estava prenha. Manhosa e mansa, ela durante dois dias me deu "bonde" do lugar e voltou para a mesma garagem e ficava em baixo do carro.

Quando saí para um compromisso eu a vi lá debaixo do carro, mas como estava atrasado e ela estava fugindo de mim e ainda fazendo manha se esfregando no carro. Apenas disse: depois eu tiro umas fotos suas e vamos tentar achar seu dono.

Aconteceu que minha gata de casa rejeitou a ração e minha mãe foi trocar. Com almoço para fazer num domingo e quase atrasada, mesmo assim, minha mãe estava paciente esperando a moça da frente, terminar de comprar a ração. - Olha amanhã eu vou trazer uns cartazes e colocar aqui o senhor deixa? Disse a moça ao atendente. - Claro respondeu. - Ela já sumiu faz três dias e eu estou desesperada, nem durmo direito. Disse chorando a moça ao atendente. Minha mãe saiu de seu estado devaneio e pensou, nossa será! - Com licença. Disse minha mãe. - Sua gata é chamuscada e está prenha? - É chamuscada sim, mas não está prenha, ela fico assim depois da castração e também é cega de uma das vistas. - A senhora está com ela? - Meu filho achou uma gata conforme, se quiser ir lá ver se é a sua.

- Juro que meu filho mantinha ela aqui na casa de fundo. Falou desesperançada. - Não acredito, perdi ela de novo, disse chorando a moça.

Quando voltava do meu compromisso vi minha mãe e essa moça revirando na garagem que tem dois carros. Eu fiquei observando por um tempo. -Mãe olha debaixo do outro carro. Mal terminei de falar e a moça nem perdeu tempo se ajoelhou e olhou e ficou esgueirando para tentar alcançar aquela criatura ali encolhida dormindo tranquilamente. - Lara é você? Vêm aqui Lara. Mal terminou de chamar e a gata correu e deu um pulão para cima da moça.

Dona e gata ou mãe e filha depende de como você queira ver. Ficaram ali abraçadas, os olhos da Lara chamuscavam e a moça chorava de soluçar.

Foi muito emocionante ver a moça querendo dar atenção a sua gata desaparecida a alguns dias e ao mesmo tempo procurando mostrar como estava agradecida a minha mãe por cruzar o caminho dela em tal momento de aflição. Somente ver as três abraçadas foi a melhor gratificação de se dedicar a gatos de ruas perdidos ou abandonados. Por meio da caridade da minha caridade, da disposição da minha mãe e da fé da moça, foi possível desfrutar tão emoção.

Sétimo:

Pandora

(Drama Cotidiano)

É absolutamente normal o fato de um homem se deleitar com a beleza feminina. Mesmo sem conhecer ou trocar algumas palavras, um homem não segura o seu olhar e o deixa guiar até uma luz forte que o cega! A formosura e curvas de uma mulher. A beleza atualmente é muito evidente e segue alguns padrões, entretanto nada certo para ninguém e deve ser assim. Uma mulher negra é deslumbrante quando associada a um belo vestido que release o estilo de cabelo, a morena por sua vez é tida como a cor do pecado, deve ser pelo fato das formas informes resultantes das misturas de raças, típicas no Brasil e uma bela mulher loira de olhos verdes ou azuis, ao andar mesmo sendo raquítica é algo intrigante a cabeça masculina.

Eu por minha vez me perco e me acho, tanto que há momentos que a beleza é fugaz e os valores e caráter de uma pessoa se torna suficiente e por outras `` a gente casa com uma bunda´´, brincadeiras à parte, manter o ritmo de um diálogo agradável e um belo toque com mãos doces é praticamente o suficiente para um coração se deixar faiscar e pegar fogo!

Entretanto vou relatar uma desventura por causa desses encontros casuais. É muito comum em uma cidade grande, um vai e vem rotineiro matar qualquer estilo de cortesia de bom dia, como vai, tudo bem! Apesar das piores hipóteses eu mesmo mantenho um conjunto de agradabilidade a pessoas desconhecidas seja, com uma conversa desinteressada, seja com um olhar, um sorriso, um comprimento, um favor etc.

Por manter tal comportamento que passei por uma situação inusitada. Me encontrava na avenida são João com a Ipiranga, quando reparei em uma mulher. Loira, de estatura aproximada de 1,75, com um vestido estilo praia mas comprido, olhos verdes, cabelos liso que fazia uma onda sobre o rosto que era doce e arredondado, lábios carnudos, criatura formosa com curvas sutis. Carregava uma bolsa de couro. Ela passou acelerada parecia seguir a frente um drogado, todo sujismundo e bem malcuidado.

Fiquei atônito e procurei entender, pelo horário que era por volta das 3 da madrugada pensei se tratar de uma garota de programa. Talvez algo mais desumano ainda pra uma criatura tão formidável e de beleza inigualável!

- Estou encantado por sua beleza! Aceita um cigarro? Pode parecer estranho as 3 da manhã lançar uma cantada furada e talvez você acredite que seja bem mais frutífero perguntar: está trabalhando? Pra todo efeito ela saiu da sua ``correria´´ e se viro pra mim.

-Qual seu nome.

-Pandora.

Pandora, se sentou na calçada logo de frente a um hotel barato e fuleiro, pegou o cigarro que eu dei e acendeu começou a revirar a bolsa, tirou um cachimbo, armou uma pedra de craque nele. Tragava o cigarro com força, provavelmente para fazer a cinza, para misturar junto a pedra e fumar. Observar tal cena, me remeteu a Pandora e sua caixa com todos os males do mundo. Eu tinha na minha frente a Pandora talvez com as mesmas qualidades da primeira mulher que foi criada por Hefesto (Recebeu dos Deuses presentes: de um a graça, de outro a beleza, de outros a persuasão, a inteligência, a paciência, a meiguice etc.).

E de sua bolsa não tirava todos os males do mundo e sim o mal do mundo contemporâneo o vício das drogas.

-Você usa? Somente sua voz calculista para me tirar do transe.

- Não, não uso. Respondi voltando-se para ela e também me acomodando nas escadarias de uma padaria fechada.

- Você bebi, cheira? Ah sexo você faz? A pergunta dela não me causou nenhum espanto. Nas madrugadas, é muito comum o uso de drogas e bebidas e também as propostas indecentes. O que me causou espanto foi ela afirmar que já vivia na cracolândia 6 anos e que recentemente tinha saído. Ficou longe do inferno por 4 meses após sofrer um atentando a sua vida e teve uma recaída e lá estava novamente.

-E o que pretende fazer agora? Perguntei só pra continuar a conversa, depois de um silencio refletido por minha parte.

- Eu estava num hotel com uma amiga...

-Como assim? Indaguei meio desconfiado

- Minha amiga estava toda suja e pegamos um hotel pra ``usar´´ e se banhar. Certamente duas garotas em um hotel usando drogas pode haver uma tendência a acabarem tende uma relação ou mesmo umas das duas se sujeitar a relação somente para pode usar a droga oferecida. E exatamente isso que eu fiquei disposto a tentar descobrir

-estavam as duas lá e não rolou nada? Não a força da pergunta, mas meu olhar de soslaio e direto na bolinha preta querendo dizer: eu sei de tudo. Ela se embaraçou nas palavras.

- Não. Não, bom ela é lésbica mais eu não, jamais, eu gosto de homem!. Nada mudava o embaraço, mas em poucos segundos ela se recuperou, fechou a bolsa e pareceu pensar em algo.

-Então você gosta de homem, agora estou meio em dúvida, quero ver provar. -nem terminei as palavras e ela se jogo em cima de mim me beijando, eu senti seu corpo quente sobre o meu, seus lábios molhados e profanos pelo gosto da droga.

De supetão ela levantou e gritou: a polícia! Eu fiquei meio perdido, estava gostando de seus beijos e com meus dedos sentir seu corpo. Ela correu muito, eu também me levantei e olhei para trás e não vi polícia alguma, por alguns segundos observei ela e ligeiramente busquei encontrar minha carteira no bolso da minha jaqueta e não estava! Eu sai do transe e comecei a correr atrás dela eu usava um sapatênis ótimo pra correr, porem bem usado e gasto foi o suficiente pra um caco de vidro atravessa-lo e se alojar no meu pé. Uma dor terrível! E muito mais por dentro com raiva e angustia. Me resto apenas observar a loira correndo segurando o vestido e sumindo nas tortuosas ruas do centro de são Paulo

``É pau, é pedra, é o fim do caminho

É um resto de toco, é um pouco sozinho

É um caco de vidro, é a vida, é o sol

É a noite, é a morte, é o laço, é o anzol

É peroba do campo, o nó da madeira

Caingá candeia, é o Matita-Pereira´´

Tom Jobim-aguas de maço.

Oitavo:

Eu Deus?

(Terror)

No ``reinado´´ no centro comercial do maior Império do mundo. O Império Earth, Teu-De-Us veste um fino traje social, na sacada, está orgulhoso contemplando a grandeza do seu império. Fumando um cigarro. Atende a uma chamada na viva voz.

-Para Bronks, dei-lhe a agricultura. Ele é um aliado fiel. Ordenou ao o seu agente do outro lado da chamada.

- Estou desgostoso, com o nosso exército, para falar a verdade, estou estarrecido e gostaria de substituir o General Blue pelo General Mão de ferro. Creio que os revolucionários serão eliminados. Para idiotas de baixo nível e ideologias de porra nenhuma.

Após terminar o cigarro adentro a sala do trono, sentou-se confortavelmente numa cadeira avaliada em 5 milhões. Passou a mão no cabelo, se ajeitou um pouco, parecia perturbado. Mas, nada, nem ninguém poderiam atingir o ditador ou derrubá-lo. Tinha a melhor segurança patrimonial possível.

Pegou o telefone de ouro e autorizou a secretaria entrar, haveria algo a esclarecer.

Uma mulher de altura elevada, cabelos loiros, absolutamente bem vestidos, exuberantes, maravilhosos. A Mulher tinha uma pasta na mão e carregava uma bolsa.

- Algo de importante? Eu não queria ser importunado sabe, tenho problemas demais com a distribuição de cargos e isso me deixa de cabeça quente...

- Acredito que você tem uma preocupação muito mais importante. Disse Hira.

- Mais importante do que a direção e controle do Império? Você só pode estar louca. - Falou, mas olhando atentamente nos olhos verdes de Hira, notou ódio, sentiu medo.

- Vossa excelência é provavelmente o homem mais importante sobre o mundo e ninguém jamais conseguiria te fazer algum dano. Porem eu estou aqui...

- Está aqui? E daí? Que houve em? Você está muito estranha!

- Estou, e saberá as minhas razões. -Disse com o olhar fixo e tenebroso.

Ele se reclinou sobre a poltrona e fez um gesto com a mão indicando para ela prosseguir, mas estava preocupado.

Ela sentou-se abriu a pasta revirou alguns documentos e retirou um em especial, e passou para ele. Leu, no mesmo instante ficou aterrorizado! Ficou pensativo.

- Isso não prova nada, nada mesmo! Nada! -Disse com raiva.

-Sabe meu filho, SEU FILHO foi condenado à cadeira elétrica com 15 anos de idade, e foi acusado de conspirar contra o Império. Eu até entenderia você. Ama o poder, e não quer perder o mesmo e se um filho se une aos revolucionários ajudando a dar um golpe de estado, lógico que lhe daria uma punição! Mas seu filho que também é seu neto, mandar matá-lo sem piedade. É desumano monstruoso!

O detive que contratei John Look se empenhou e tudo foi uma armação de sua parte! Canalha miserável, Meu Deus por qual razão!

- Calma-disse tentando acalmá-la.

- Calma porra nenhuma, era nosso filho, 15 anos! Ele era tudo pra mim! Seu filho também e você sabe muito bem disso! e agora essa tragédia arquitetada por você.- Chorou.

Ele abaixo a cabeça, se distanciou nos pensamentos. De súbito começou a falar.

- Hira há algo que você precisa saber, será a segunda pessoa que vou contar esse segredo. Minha mulher Mirte é a única que sabe. Vou te contar e talvez possa me compreender...

-Nunca- Disse olhando penetrante nos seus olhos.

Ta vamos La, acontece que nem sempre eu fui poderoso, vim de uma família remediada você bem sabe. Mãe, pai e irmãos. Meu pai batia em minha mãe constantemente. Isso me assustava, mas mesmo assim eu ainda o respeitava. Durante a noite eu ouvia gritos tenebrosos vindo do quarto do Casal. E com oito anos por curiosidade eu olhei pelo buraco da fechadura. E minha mãe estava amarrada na cama, vendada amordaçada e meu pai a espancava. Usava uma cinta e num dado momento eu o vi esquentar um ferro com a primeira letra do seu nome e marcar as nádegas de minha mãe. Ela mesmo amordaçada gritou e depois desmaiou. Coisa brutal, noites e noites era assim, insaciável!

Depois disso, desse choque que eu sofri, eu odiei meu pai, seu avô! Tinha rancor, nojo e tudo mais. Quando completei 10 anos ele me disse`chegou sua hora E me fez fazer coisas nojentas, eu não suportava mais aquela situação e escondi uma faca no sofá e quando ele pediu que eu o masturbasse eu cortei o pênis dele! Ele caiu de joelhos, boca aberta e de olhos arregalados! Olhando para mim. Disse: Filho desgraçado há de morrer pelo seu filho... Ah de morrer... eu terminei dando uma facada no pescoço jorrou sangue pela boca e morreu. Peguei o pênis e joguei no poço no fundo do quintal.

Foi difícil, a polícia, investigadores, mas sabendo do comportamento brutal do meu pai isso foi abafado. Ele me jogou a maldição! Mais nunca de a mínima importância! Nunca mesmo. Fiz terapia, estudei e dei a famosa volta por cima apenas uma coisa só me assustou. Numa noite era de madrugada eu olhei pela janela em direção ao poço e uma mulher saiu de La! Ah mais bela mulher de todas! Exuberante coisa de outro mundo. Procurei saber por meio de alguns colegas de rua, soube que a tal mulher era a dona de um prostíbulo, dizem que era obcecada pelo meu pai e paranoica pegou o pênis e guardou num vidro com clorofórmio. Para guardar de lembrança.

Sabe, segui minha vida, minha carreira ascensão na política, formei um partido e dei um golpe de estado e fiz desse país o Grande Império

Earth. Derrubei todos os opositores e a meus irmãos e chegados eu distribuo cargos importantes. Nada, nem ninguém pode me derrubar (Bateu forte sobre a mesa. Hira ouvia atentamente) uma noite a um tempo atrás, eu dormia em minha mansão, no quarto, segurança total. Eu percebi a porta abrir sorrateiramente, vi um espectro entrar. Me apavorei! Seria um possível traidor a me matar! Rapidamente o sujeito se jogou em cima de mim, eu já estava esperto e com o travesseiro evitei uma facada, começou uma briga corpo a corpo, minha mulher acordou assustada. Eu matei aquele sujeito. Era meu próprio filho, Apoloneu! Tenebroso minha mulher chorando, sem entender por qual razão e contei para ela sobre a maldição.

Hira repousou a bolsa sobre a perna, estava estática, mas fria. Não conseguia raciocinar nada.

- E você acha que Enio iria te matar? Perguntou incrédula

- Me Desculpe, saibas de mais uma coisa já matei todos os meus filhos. É isso que me tornei! O poder será só meu! De mais ninguém, todo meu, eu posso viver bastante, graças à grande tecnologia da medicina, será assim, não quero saber. Meu tudo meu! Dane-se todos

Hira pegou um 32 da bolsa levantou suavemente, o semblante horrorizado. Miro na boca e atiro.

- Cala boca.

Nono:

Acertos e desacertos

(Drama)

"Mais um bêbado comum e morador de rua".

José se entregou a bebida após a morte de sua velha. Beirando os 65 anos, optou por morar na rua para ter liberdade total. Deixou a casa própria para seus dois filhos.

– Bom proveito! - Ele dizia!

Na rua, a liberdade era total! Não havia ninguém para reclamar de seu odor, por não tomar banho há algum tempo, ninguém para dizer: "está bebendo demais" ou então "sai dessa vida"! Não tinha mais jeito! Tudo se resumia a isso: durante o dia recolhia sucatas, e com o pouco dinheiro, alimentava-se e comprava o principal: as garrafas de bebida! Sua nova casa era bem confortável! Pelo menos ele acreditava nisso. Dormia na praça central, logo atrás da igreja da Matriz. Algumas pessoas compadeciam-se e deixavam um pouco de alimento, como pães e bolachas e algumas vezes, doavam até mesmo roupas usadas. Aceitava de bom grado, mas, para ele nada importava!

Ele mesmo não sabia dizer os motivos que o levara a tornar-se um alcoólatra! E já não tinha mais esperanças de ter um fim honrado. Deixou que a onda o leva-se, e a onda o depositou na praça, e por lá, dormia numa cama de papelão.

Trabalhou a vida inteira como pedreiro. Desprevenido, não pagou os devidos impostos, e acabou por ficar sem a aposentadoria, o que lhe fez recorrer a ser um sucateiro. – Afinal, sem chances de encarar uma obra! Aliás, nem tinha mais idade para isso!

Seu orgulho foi ter construído a casa que deixou para os dois filhos - que já são homens feitos. - Isso lhe dava um pouco de dignidade.

Por falar em dignidade, sempre foi honesto e trabalhador - talvez fosse a má sorte mesmo. - É óbvio que ele tinha algum tipo de conduta errada, por exemplo, trocar horas de convivência familiar para ir se dedicar aos amigos do bar. E no final, já nem tinha os tais "amigos" de bar, nem família! Era preferível catar latinhas e ganhar um real por quilo, do que mendigar um gole de pinga no bar.

As coisas estão difíceis! Nem mesmo latinhas nas ruas têm encontrado. Sem dinheiro, resolveu recorrer ao bar onde fez o depósito de trabalho de uma vida. Era a hora de tirar seu merecido mérito, por tantos anos de depósito de dinheiro, através de copos e mais copos...

- Eu só quero um litro, depois te pago... te juro! - Implorava ao dono bar.
Estava completamente maltrapilho.

- Já disse que não! Não insista. Você está espantando minha clientela! –
Enraivecido, o dono do bar jogou-o para fora.

Tamanha vergonha e humilhação, nem pareceu surtir efeito. E diante
disso, ficou sem saída. Tinha que dar a volta por cima. Como já estava
naquele degrau, descer mais um não faria diferença! Foi ao posto de
gasolina e pediu para o frentista encher uma garrafa pet com álcool.
Nunca havia feito aquilo, mas, estava revoltado. Então, bebeu aquele
líquido, que desceu como se estivesse tomando ácido. De tão forte,
surtiu o efeito que ultrapassara uma bebedeira comum, e caiu
desmaiado na praça.

Maria Janaína parecia totalmente decidida a recomeçar uma nova vida,
penteava-se em frente ao espelho arranjado no seu quarto de pensão.
Tinha poucos moveis ainda, mas, sabia que seria provisório. Afinal,
agora era independente! Independente de um marido agressor e
opressor. "Tantos anos jogados fora" - dizia pra si mesma!
Um canalha, que por longo período fez dela uma prisioneira. "Não será
mais assim, de agora em diante! "- pensava.

Deu uma volta olhando-se no espelho, e com um vestido provocante,
percebeu como ainda era linda e podia lutar por sua felicidade com
alguém que a merecesse!
Este alguém era um amigo, de seu recém-serviço, como empregada
doméstica. Na verdade, era o cozinheiro de uma casa de família.

Parecia-lhe um homem decente, sensato e ademais, já havia o
encontrado algumas vezes para ir ao cinema, ou em uma lanchonete.
Seu ex nunca se dedicaria assim! Para ele, era jogar dinheiro fora.

Um belo dia, ela juntou algumas roupas e alguns pertences, e deixou
tudo para trás. O quarto de pensão não tinha os móveis que deixara na

antiga casa, aliás, casa bem luxuosa comparada ao quarto da pensão, que virou seu refúgio.

Quando se casou, era jovem e a vida conjugal era uma coisa bem diferente do que se transformou. Jovem e inexperiente, ela deixou tudo para trás e foi viver seu sonho de felicidade! Nos primeiros cinco anos foram até perfeitos, mas tudo mudou! Seria melhor ter cursado a faculdade de pedagogia e ter sido uma professora. Tarde demais!

O celular marcou 10 horas em ponto. Ajeitou as roupas sobre a cama e fez alguns retoques finais na maquiagem. Outra vez se olhou no espelho e disse para si mesma:

- Quem diria? Estou linda! Agora menina, é hora de fisgar aquele homem!

João, em tempos de ouro, foi um corretor de seguros bem-sucedido. Tinha sua estabilidade financeira e sentia-se realizado. Fora o fato de não poder ter filhos. Isso não era uma frustração em si, porque tinha a intenção de adotar uma criança, e para ele seria como um filho seu. No entanto, sua mulher sempre foram contra. Aborrecia-se com frequência, sempre que buscava convencer sua esposa, de que era uma boa ideia adotar uma criança. Porém, ela não se via como mãe, e ao invés de filhos, gostaria de fazer uma viajem. - Coisa que João detestava.

Era só chegar do serviço um tanto alcoolizado, que começavam as desavenças sobre a questão de adotar um filho. Fora o ciúme, que o deixava mais agressivo. Cada dia de convivência se tornava insuportável! Existia em si a união conjugal, mas, o casamento estava desgastado. Com o passar dos anos, começou a beber mais - não a ponto de cair, mas, a ponto de qualquer assunto adverso com sua mulher, acabar em uma agressão. - A mulher o evitava cada vez mais e isso gerava nele um ciúme doentio.

Por volta das nove horas da manhã, estacionou o carro em frente a uma padaria, onde teria uma boa visão. - Acreditava. Pegou o litro de uísque, que estava no banco do passageiro, deu uma boa golada e colocou a garrafa no lugar, depositando-a ao lado da arma.

Deu partida no carro. Seu semblante era diabólico, parecia estar confuso, entretanto, aparentava estar certo do que iria fazer. Perguntava a si mesmo: "O que eu fiz para ela?" "Tantos anos batalhando para dar o meu melhor, e ela me abandona"?

Saiu com o carro devagar, sem ser notado. Esperou a mulher de vestido vermelho e cabelo liso comprido até a cintura, tomar certa distância e a seguiu, procurando não ser notado. A mulher pegou um táxi e ele manteve certa distância.

Depois de tirar o dinheiro da bolsa e pagar o taxista, a mulher se dirigiu a praça e sentou num banco, revirou sua bolsa e pegou o celular, parecia estar enviando uma mensagem para alguém.

- Eu sabia que essa desgraçada estava me traindo! - Possessivo, esbravejou. Depois, retirando o revólver calibre 38 do banco, conferiu as balas e o colocou na cintura. Deu um gole tremendo no uísque - o que fez com que sua reação fosse a de estufar o peito e se sentir potente.

Era um homem acabado. E cerca de um mês, quando chegou a casa, percebeu que era o único morador. A casa estava vazia! O que sobrou de sua mulher foram algumas poucas roupas espalhadas pelo quarto. Maria tinha fugido com o amante! Depois daquele dia, faltava constantemente ao serviço. Obcecado, rodava a cidade tentando encontrar Maria com o amante. Reconheceu-a no mercado e resolveu apenas segui-la e buscar informações. Ficou estarrecido quando a dona da pensão disse que somente Maria se hospedava ali, mas, que certa vez um homem veio buscá-la e saíram juntos.

- Você pensou que acabou? - Maria levou um susto, pois, estava distraída, enviando uma mensagem ao cozinheiro, e o avisando de que já estava no lugar combinado. De súbito, arregalou os olhos.

- Me esquece! Está tudo acabado! Com que direito você me cerca? Não temos mais nada. Entenda isso de uma vez por todas: A-CA-BOU - ela pronunciou a palavra lentamente, dando ênfase nela.

- Para você TALVEZ tenha acabado, mas, para mim não! - Sacou à arma da cintura, ela se levantou e tentou correr, ele deu um "mata leão" e colocou a arma na cabeça dela. - Agora sim! Você não vai ser de mais ninguém! Eu vou te matar!

- Pelo amor de Deus! NÃO! - Gritou desesperada.

Seu grito ecoou o suficiente para acordar o morador da praça. Repentinamente, seu José percebeu toda a situação. Estava num péssimo estado, pois, na noite anterior havia ingerido meio litro de álcool de posto, porém, o momento requeria forças e sagacidade.

Ficou a observar e percebeu a oscilação do sujeito em realmente cometer o homicídio. Talvez já o tivesse feito se não percebesse que estava cercado pela polícia. Em questão de minutos, uma patrulha estava ao redor e fez a cobertura na intenção de negociar com o atirador.

João já não tinha mais nada a perder, e estava absolutamente decidido a completar sua missão, só temia a repercussão. Se atirasse seria preso, diferente do que foi maquinado: matá-la e fugir antes que alguém percebesse.

Deslizando como uma cobra, seu José foi se aproximando por trás do homem. De um sobressalto certeiro, conseguiu agarrar o braço que apoiava a arma e levantá-lo. - Houve um disparo, e os policias foram para cima - neste momento, só os três: José, João e Maria, caíram no chão atrelando-se em uma luta de gladiadores que resultou em outro tiro, os policiais interviram, desvencilhando a situação com um triste fim.

"Manchete do Jornal"

No jornal, a foto do morador de rua bem vestido e aparentando ser mais novo, com a seguinte reportagem:

Herói, qual o sentido para nossa sociedade de um herói? Isso tornou-se evasivo.

É lamentável ter que acreditar que um cidadão que arremessa uma bola no ângulo exato do gol, é alguém importante. Claro, devemos respeitar todo seu esforço e treinamento em se tornar um bom esportista, porém, a sociedade precisa reconhecer os muitos "Josés, Marias e Joãos".

Maria: Nossa heroína em batalhar como empregada doméstica no dia a dia. Sobrevivendo em situações precárias, com um baixo salário, buscando construir uma família, baseada na felicidade e no amor.

João: Um bom profissional que se dedicou a sua carreira de corpo e alma. Alguns homens fogem do serviço, mas João ama o que faz! Quem gosta da área que trabalha se senti realizado e é parcialmente feliz. Um bom trabalhador, que seja honesto é mais importante do que muitos! A ele, deve-se dar certo valor. Não se pode corromper com atitudes mesquinhas referentes à sua família. Precisamos sim de um bom trabalhador, mas, que seja flexível e amável com sua mulher e filhos. Talvez este tenha sido o seu único delito, fora o assassinato em praça pública.

Seu José: Homem simples e trabalhador da construção civil. Não teve estudo. Talvez por não se adaptar a escola. Os pais foram aconselhados por professores a buscar uma escola qualificada. O pai preferiu ensinar a profissão de pedreiro. Aprendeu a trabalhar em obra e seguiu essa vida. Formou família, perdeu família! - Por causa do vício em bebida alcóolica, que era seu único lazer. - Construiu sua casa, e a deixou para os filhos - gesto de honra – "não vou dar trabalho para ninguém"! Ele dizia – Morava na praça, onde, no domingo pela manhã, envolveu-se no atrito de um casal. O homem estava disposto a matar a mulher, Seu José interferiu lutando com o homem, e acabou morrendo após ser alvejado por uma bala no coração.

Décimo:

O mendigo

(Drama)

Alphaville, 21:30 de uma sexta-feira, River Grey alinha o chapéu Fedora.

Sai do closet desce pela escada principal e oscila em ir a garagem, volta vai até o escritório pessoal do qual passa cerca de duas ou três horas fazendo trader esportivo. Jogo arriscado! Mas para River Grey é uma brincadeira de fazer dinheiro. Nunca no vermelho! Regra número 1. Regra número dois: Sempre sair na melhor.

 Abre o cofre e retira um malote, confere um montante, ``É o suficiente para a caça de hoje´´pensa. Se confere no espelho.

- Neste país, a primeira coisa é ter dinheiro. Quando você tem dinheiro, você tem poder. E quando você tem poder, vêm as vantagens.

 Atravessando a sala principal em direção a garagem, manda um sinal para empregada, sinal já conhecido pela governanta. Deixar preparado por volta das 6 da manhã o café. Não é muito exigente nesse ponto, ovos mexidos, mas com orégano.

Na garagem oscila entre o Ferrari FF V12, Rolls-Royce Wraith ou o Ferrari 488 GTB, Olhando para cada um prefere o Ferrari 488 GTB. No gps automático, marca rua Augusta. Parte. Ate é cuidadoso dirigindo, vai de vagar sem muita pressa, afinal pode ser que venha a calhar alguma garota de rua, mas muito rara mente ele as fisgas. Estacionado já na rua Augusta consulta uma lista de garotas de programas, na verdade uma lista providenciada por um agente que só tem garotas de programas universitária, estudantes enroladas com as contas que resolveram se prostituir para pode concluir os cursos iniciados. Olha, fuça, balança a cabeça furtivamente, não se sente satisfeito! Prefere dar umas voltas pela consolação. De súbito algo lhe chama atenção. Uma loira vestida a caráter de garota de programa, mas o detalhe mais importante era que usava uma coleira. Excêntrico isso! Ao seu ponto de vista. Pensa bem e decide se aproximar. Para o Ferrari 488 GTB e observa a bela loira de olhos verdes. Passa a mão no queixo.

- Não sei não. Parece arriscado, essas de rua. Diz a si mesmo. Mais depois de muito cogitar ``Sou um investidor, um jogador trapaceiro, sei muito bem como de defender´´ Abre o porta malas e retira um 32 e coloca sobre a meia.

- Quanto custa você? Indaga para a meretriz

- Para você? Nesse carrão 2 milhões - risos

- A dama vale realmente isso. Porem eu quero você..., mas a 2 milhões é muito dinheiro por uma brincadeira. Eu estou disposto a te pagar 10 mil. Aceita o trato?

- Sabe de uma coisa bonitão? Você é lindo. Rosto delicado, gostei do chapéu também...

- Do chapéu o do carro? Risos

- Dos dois, eu fecho o trato. Você verá terá uma surpresa! Posso ser magra, mas vou te detonar!

Balançou o dedo negativamente. Retirou de uma mala uma algema e mostrou-a

- Quem te detona sou eu. Caso contrário esquece os 10 mil. É um bom dinheiro minha doçura.

- Está certo! Assim será mas terá uma surpresa.

Partiram para o melhor hotel do centro de São Paulo. No quarto ela retirou a roupa deixando transparecer seu belo corpo. Ele deu algumas ordens, mas ela como boa negociante treinada na arte da qual você leitor saberá ao final, solicitou que só começaria a obedecer às ordens depois de um drink. Para os dois.

- Perfeito! Ele não resistiu aquela negociação, num movimento rápido ela jogou um boa noite Cinderela no drink dele.

- Um brinde a nossa maravilhosa noite do prazer! - Disse ela com o olhar malicioso.

Ao recobrar a consciência em fleches o Ferrari 488 GTB, estava sendo guiado por um comparsa da Loira, e ainda dizem que são burras! Em outros momentos de fleches de consciência sua carteira estava sendo saqueada. Começou a acordar depois de alguns choques dados pelo sujeito. Socos e coronhadas de um 38 fizeram ele falar a senha de alguns cartões. Aterrorizado só clama por sua vida. Não era essa a intenção! Apenas um sequestro relâmpago e depois tchau.

Ferrari 488 GTB Estacionou na praça da Sé e o arremessaram para fora depois de bons saques, furtos de relógios, arma, dinheiro e documentos.

Estava machucado e sujo. Quando o arremessaram isso era por volta das 4 da manhã, ele bateu a cabeça e desmaio, como a desumanidade é praxe em uma cidade como São Paulo, ninguém se quer dá a mínima pra ele e ainda pensam se tratar de mais um bêbado largado.

Meio atordoado e assustado e ainda com algum efeito do boa noite Cinderela ele foi se rastejando até se escorar num poste e por ali ficou relutando em acordar e pedir socorro e comunicar a polícia. Detalhe o chapéu Fedora ficou sobre suas pernas voltado para cima. Lamentável onde a concupiscência pode levar um homem, seja ele poderoso ou simples. Lamentável! Vida cruel.

Ele só recobrou a consciência total quando ouviu o tinir de moedas caindo sobre o chapéu Fedora. Ele levantou a cabeça, o dia já estava claro.

No momento que olhou ficou surpreso! Por achar que ele era um mendigo recebendo algumas moedas? Não! Mas sim por ver um sujeito de barba azul vestido de social o ajudar com algumas moedas.

- Olhe meu rapaz uma dessas moedas que eu joguei aí de 1 real é das olimpíadas e vale 5 reais. Ou seja, eu te dei uma moeda rara. Disse sorrindo amigavelmente.

- Disso eu bem sei!

- E porque está rindo tanto? - Indagou

-É que não sou um mendigo...

- Pois me parece! Mais tudo bem...

- Não, eu sofri um assalto sabe, e me jogaram aqui. Mais me sinto feliz vendo alguém como você ajudar, sei lá me ajudar...

O homem de barba azul ajudou ele a se levantar e cuidou de alguns dos seus ferimentos. Passados duas horas, o caso estava explicado e o Escritor A. Brancato pode compreender a situação do River Grey. Se tornaram amigos. E no final das contas o River Grey bem influente, ajudou o escritor iniciante, tipo indicando algumas editoras e tudo mais e com alguns bons 100 mil.

27828455R00026

Printed in Great Britain
by Amazon